POÉSIE AFRICAINE

Six poètes d'Afrique francophone :
Léopold Sédar Senghor, Birago Diop,
Jacques Rabemananjara, Bernard B. Dadié,
Tchicaya U Tam'Si,
Jean-Baptiste Tati Loutard

ANTHOLOGIE

*Choix et présentation
par Alain Mabanckou*

P O É S I E

Points

Copyright originaux :
© Éditions du Seuil, 1964, 1973, 1979, 1984 et 1990,
pour les textes de Léopold Sédar Senghor extraits de *Œuvre poétique*
ISBN original : 2-02-001717-2
© Éditions Présence africaine, 1960,
pour les textes de Birago Diop extraits de *Leurres et lueurs*
ISBN original : 2-7087-0619-5
© Éditions Présence africaine, 1978,
pour les textes de Jacques Rabemananjara extraits de *Œuvres complètes*
ISBN original : 2-7087-0360-9
© Éditions Présence africaine, 1967,
pour les textes de Bernard Dadié extraits de *Hommes de tous les continents*
ISBN original : 2-7087-0465-6
© Éditions L'Harmattan, 1978,
pour les textes de Tchicaya U Tam'Si extraits de *Le Mauvais Sang,*
suivi de *Feu de brousse* et *À triche-cœur*
ISBN original : 2-85802-084-1
© Éditions Présence africaine, 2007,
pour les textes de Jean-Baptiste Tati Loutard extraits de *Œuvres poétiques*
ISBN original : 978-2-70870-781-8

ISBN 978-2-7578-1688-2

© Éditions Points, février 2010, pour la présente édition

Poésie d'Afrique noire francophone : engagement et ouverture au monde

La littérature d'Afrique noire d'expression française est intimement liée à la « rencontre » de l'homme noir et de l'homme blanc, à l'affrontement de deux civilisations. L'esclavage, la colonisation, les indépendances, les dictatures sont autant de faits qui ont entraîné « une prise de parole » radicale et revendicative de la part du colonisé désormais lettré. Le poète avait une mission de libération, et il n'était alors pas question de pérorer sur la rose, d'admirer le ciel bleu : l'art pour l'art étant considéré comme une gageure. C'est ainsi que, dans les années cinquante, le romancier camerounais Mongo Béti qualifiera par exemple *L'Enfant noir*[1] – le chef-d'œuvre de Camara Laye – de « folklorique », sous prétexte que cette œuvre n'était pas assez « engagée » et fermait les yeux devant les exactions coloniales et la condition des autochtones. Critiques pour le moins étranges alors que Laye se plaçait sur le plan de la conquête de la liberté individuelle – se connaître soi-même, selon la formule de Socrate –, une autre forme d'engagement, sauf à

---

1. Camara Laye, *L'Enfant noir*, Plon, Paris, 1953 ; réédition du grand format, Plon, Paris, 2006, avec notre préface. L'édition en poche est disponible chez Pocket.

considérer que celui-ci devrait se placer exclusivement sur le terrain de la politique. Faut-il rappeler que certaines fictions publiées pendant la période coloniale sont désormais « très datées » et reléguées presque au statut de « documents d'époque », pendant que *L'Enfant noir*, qui n'a jamais pris une seule ride, est aujourd'hui l'un des romans les plus lus et les plus étudiés des Lettres francophones ?

Il s'agissait d'abord et avant tout, pour beaucoup d'auteurs, de valoriser l'homme noir et son passé. Cet élan a prédominé dès les années vingt avec les Afro-américains et a trouvé un grand écho dans l'espace francophone dans les années trente avec le mouvement de la *négritude* représenté par Léopold Sédar Senghor (Sénégal), Léon Gontran Damas (Guyane) et Aimé Césaire (Martinique). Forts de leur rencontre avec les Afro-américains de *Harlem Renaissance*[1] exilés à Paris afin d'échapper à la ségrégation raciale, les trois acteurs francophones de la négritude ont dominé la poésie négro-africaine et influencé la plupart des œuvres à venir. Face au système colonial, la négritude était alors le mouvement idéologique pour la revendication d'une émancipation. Les titres des revues publiées à cette époque étaient d'ailleurs significatifs : *La Dépêche africaine* (1928), *La Revue du monde noir* (1931), *Légitime Défense* (1932), *L'Étudiant noir* (1934), *Présence africaine* (1947)...

---

1. Mouvement afro-américain de l'entre-deux-guerres ayant marqué tous les domaines de la culture. Il s'agit de réfuter l'« assimilation » au profit d'une identité noire forte et émancipée. En littérature, on note des têtes d'affiche comme William E. DuBois, Claude McKay, Countee Cullen, Sterling Brown ou Langston Hughes. La même prise de conscience éclate en Haïti, avec la *Revue indigène* de Jacques Roumain, Émile Roumer et Carl Brouard entre autres.

La négritude sera adoubée par des intellectuels, des écrivains et des anthropologues français (Jean-Paul Sartre, Albert Camus, André Gide, Michel Leiris, Théodore Monod, Georges Balandier entre autres). L'*Anthologie de la nouvelle poésie nègre et malgache* publiée par Senghor en 1948 atteste en quelque sorte l'existence d'une littérature négro-africaine d'expression française décidée à se départir du complexe d'infériorité à l'égard des Lettres françaises érigées en unité de mesure. Jean-Paul Sartre, qui signa la préface de cet ouvrage historique dans un texte intitulé « Orphée noir », donna une « définition philosophique » de la poésie de la négritude :

> « Il s'agit d'une quête, d'un dépouillement systématique et d'une ascèse qu'accompagne un effort continu d'approfondissement. Et je nommerai "orphique" cette poésie parce que cette inlassable descente du nègre en soi-même me fait songer à Orphée allant réclamer Eurydice à Pluton. »

À partir de 1960, beaucoup de pays africains accèdent à l'indépendance. La poésie poursuit toutefois sa quête de l'« africanité », doublée cette fois-ci d'un pessimisme face aux désillusions postcoloniales et à l'installation des dictatures dans la plupart des nations du continent. Le repliement sur les valeurs ancestrales devient presque une nécessité. « Modernité » et « tradition » s'affrontent de manière farouche. Sur le plan politique, dans leurs discours, les dictateurs décrètent le « recours à l'authenticité ». Pour certains intellectuels, s'ouvrir c'est aliéner ses traditions et embrasser l'idéologie occidentale qui est la cause des malheurs du peuple noir. Le poète doit donc plus que jamais revendiquer son africanité, poursuivre le combat initié par les auteurs de la négritude.

Pour d'autres, ce sont, pourrait-on dire, les propos de Frantz Fanon qui guident leur perception du monde :

> « Ma vie ne doit pas être consacrée à faire le bilan des valeurs nègres. Il n'y a pas de monde blanc, il n'y a pas d'éthique blanche, pas davantage d'intelligence blanche. Il y a de part et d'autre du monde des hommes qui cherchent. Je ne suis pas prisonnier de l'Histoire. Je ne dois pas y chercher le sens de ma destinée[1]. »

Ces deux conceptions antagoniques se retrouvent jusqu'à présent dans la production poétique subsaharienne. La première pourrait être considérée comme une « néo-négritude », tandis que la seconde en appelle à une ouverture au monde, à d'autres univers, fussent-ils les plus éloignés du continent africain. En somme, pour reprendre les analyses d'Édouard Glissant et de Derek Walcott, la « rencontre », la « relation[2] », la « courtoisie », l'« échange[3] » fondent notre humanisme…

Choisir six des plus grands poètes venus d'un ensemble géographique aussi vaste que l'Afrique noire francophone est forcément une démarche subjective. Toutefois ces auteurs sont désormais considérés comme des classiques. Leurs œuvres sont au programme dans la plupart des écoles africaines et dans les universités anglophones.

Les poèmes de Senghor exaltent les ombres de sa terre natale, Joal. Ils magnifient la parole des griots, chantent

---

1. Frantz Fanon, *Peau noire, Masques blancs*, Éditions du Seuil, Paris, 1952.
2. Édouard Glissant, *Poétique de la relation*, Gallimard, Paris, 1990.
3. Derek Walcott, *Café Martinique*, Le Rocher, Paris, 2004.

la beauté de la Femme noire, clament la grandeur de l'Afrique ancienne et, surtout, la nécessité d'un « dialogue des cultures » – thème qu'il développa abondamment dans ses divers textes théoriques. Il est, avec Aimé Césaire, l'un des poètes francophones les plus connus et le premier Africain à avoir siégé à l'Académie française.

L'œuvre de Jacques Rabemananjara est empreinte de son parcours de prisonnier politique pendant l'insurrection de 1947 à Madagascar. Dans ses poèmes, l'île de Madagascar est à la fois la Femme, l'Amante et la Maîtresse, et cet amour enflammé habitera le poète jusqu'à sa mort en France où il s'était exilé depuis les années soixante-dix.

L'Ivoirien Bernard Dadié a perpétué la fibre de la négritude, y mêlant la touche d'humour qu'on lui connaît. Son œuvre poétique – peu abondante par rapport à sa prose – est caractérisée par le souci du témoignage et la quête d'une fraternité des « hommes de tous les continents ».

Si le Sénégalais Birago Diop semble enraciné dans la Sagesse et la Parole africaines, il n'en demeure pas moins que ses poèmes – très classiques jusqu'au respect scrupuleux des règles de la versification – sont un vibrant hommage à la poésie française. Ses textes sont les plus récités en Afrique, notamment le célèbre poème « Souffles », généralement considéré comme l'illustration de la cosmogonie et des croyances du continent noir.

Le mouvement de la négritude n'aura pas « touché » les poètes congolais. « *Je suis noir je suis nègre pourquoi cela prend-il le sens d'une déception ?* », écrit Tchicaya U Tam'Si. Poète rebelle, admirateur de Patrice Lumumba et d'Arthur Rimbaud, obnubilé par le rêve d'une unification des deux Congo, son vers éclate de mille feux pour dire une Afrique démembrée et agonisante. Son compatriote Tati Loutard cultive un romantisme à la fois « désespéré » et optimiste, avec une forte récurrence aux thèmes éternels (la mort, l'amour, le pays natal, l'art…). Son univers apaisé, généreux, mélancolique et musical mêle maîtrise de la langue, amour de l'art et interrogation sur l'« ordre des phénomènes ».

Les auteurs de cette anthologie auraient pu être accompagnés par d'autres précurseurs (le Malgache Jean-Joseph Rabearivelo ou le Sénégalais David Diop, par exemple). Des « successeurs » les auraient côtoyés : le Camerounais Paul Dakeyo, le Béninois Paulin Joachim, le Burkinabé Frédéric Pacéré Titinga, le Sénégalais Charles Carrère, les Congolais Maxime Ndébeka et Blaise Bilombo-Samba. Des voix féminines – malgré leur éclosion récente – auraient ouvert d'autres pistes : les Ivoiriennes Tanella Boni et Véronique Tadjo, la Congolaise Marie-Léontine Tchibinda et la Camerounaise Werewere Liking.

L'objectif de ce livre n'était pas d'établir une compilation exhaustive mais de désigner une porte d'entrée, d'indiquer les figures incontournables d'une poésie qui reste à découvrir – ou à redécouvrir. Et il est réjouissant de constater dans la nouvelle génération des textes poétiques débarrassés de l'emprise des aînés au profit d'une « aventure » plus personnelle et originale. C'est le cas du Congolais Gabriel Okoundji qui est désormais la voix la plus sûre, la plus féconde de la poésie subsaharienne contemporaine devant quelques épigones encore crispés et tétanisés par l'ombre tutélaire de Senghor, de Césaire et des grands poètes français...

Alain Mabanckou
Los Angeles, le 21 octobre 2009

Léopold Sédar Senghor

FEMME NOIRE

Femme nue, femme noire
Vêtue de ta couleur qui est vie, de ta forme qui est beauté !
J'ai grandi à ton ombre ; la douceur de tes mains bandait
    mes yeux.
Et voilà qu'au cœur de l'Été et de Midi, je te découvre,
    Terre promise, du haut d'un haut col calciné
Et ta beauté me foudroie en plein cœur, comme l'éclair
    d'un aigle.

Femme nue, femme obscure
Fruit mûr à la chair ferme, sombres extases du vin
    noir, bouche qui fais lyrique ma bouche
Savane aux horizons purs, savane qui frémis aux
    caresses ferventes du Vent d'Est
Tamtam sculpté, tamtam tendu qui grondes sous les
    doigts du vainqueur
Ta voix grave de contralto est le chant spirituel de
    l'Aimée.

Femme nue, femme obscure
Huile que ne ride nul souffle, huile calme aux flancs
    de l'athlète, aux flancs des princes du Mali
Gazelle aux attaches célestes, les perles sont étoiles
    sur la nuit de ta peau

Délices des jeux de l'esprit, les reflets de l'or rouge
    sur ta peau qui se moire
À l'ombre de ta chevelure, s'éclaire mon angoisse aux
    soleils prochains de tes yeux.

Femme nue, femme noire
Je chante ta beauté qui passe, forme que je fixe dans
    l'Éternel
Avant que le Destin jaloux ne te réduise en cendres
    pour nourrir les racines de la vie.

           Extrait de *Chants d'ombre* (1945)

NEIGE SUR PARIS

Seigneur, vous avez visité Paris par ce jour de votre
    naissance
Parce qu'il devenait mesquin et mauvais
Vous l'avez purifié par le froid incorruptible
Par la mort blanche.
Ce matin, jusqu'aux cheminées d'usine qui chantent à
    l'unisson
Arborant des draps blancs
– « Paix aux Hommes de bonne volonté ! »
Seigneur, vous avez proposé la neige de votre Paix au
    monde divisé à l'Europe divisée
À l'Espagne déchirée
Et le Rebelle juif et catholique a tiré ses mille quatre
    cents canons contre les montagnes de votre Paix.
Seigneur, j'ai accepté votre froid blanc qui brûle plus
    que le sel.
Voici que mon cœur fond comme neige sous le soleil.
J'oublie
Les mains blanches qui tirèrent les coups de fusils qui
    croulèrent les empires
Les mains qui flagellèrent les esclaves, qui vous
    flagellèrent
Les mains blanches poudreuses qui vous giflèrent, les
    mains peintes poudrées qui m'ont giflé

Les mains sûres qui m'ont livré à la solitude à la haine
Les mains blanches qui abattirent la forêt de rôniers
   qui dominait l'Afrique, au centre de l'Afrique
Droits et durs, les Saras beaux comme les premiers
   hommes qui sortirent de vos mains brunes.
Elles abattirent la forêt noire pour en faire des traverses
   de chemin de fer
Elles abattirent les forêts d'Afrique pour sauver la
   Civilisation, parce qu'on manquait de matière pre-
   mière humaine.

Seigneur, je ne sortirai pas ma réserve de haine, je le
   sais, pour les diplomates qui montrent leurs canines
   longues
Et qui demain troqueront la chair noire.
Mon cœur, Seigneur, s'est fondu comme neige sur les
   toits de Paris
Au soleil de votre douceur.
Il est doux à mes ennemis, à mes frères aux mains
   blanches sans neige
À cause aussi des mains de rosée, le soir, le long de
   mes joues brûlantes.

Extrait de *Chants d'ombre* (1945)

AUX TIRAILLEURS SÉNÉGALAIS
MORTS POUR LA FRANCE

Voici le Soleil
Qui fait tendre la poitrine des vierges
Qui fait sourire sur les bancs verts les vieillards
Qui réveillerait les morts sous une terre maternelle.
J'entends le bruit des canons – est-ce d'Irun ?
On fleurit les tombes, on réchauffe le Soldat Inconnu.
Vous mes frères obscurs, personne ne vous nomme.
On promet cinq cent mille de vos enfants à la gloire des
    futurs morts, on les remercie d'avance futurs morts
    obscurs
Die Schwarze schande !

Écoutez-moi, Tirailleurs sénégalais, dans la solitude
    de la terre noire et de la mort
Dans votre solitude sans yeux sans oreilles, plus que
    dans ma peau sombre au fond de la Province
Sans même la chaleur de vos camarades couchés tout
    contre vous, comme jadis dans la tranchée jadis
    dans les palabres du village
Écoutez-moi, Tirailleurs à la peau noire, bien que
    sans oreilles et sans yeux dans votre triple enceinte
    de nuit.

Nous n'avons pas loué de pleureuses, pas même les larmes de vos femmes anciennes
– Elles ne se rappellent que vos grands coups de colère, préférant l'ardeur des vivants.
Les plaintes des pleureuses trop claires
Trop vite asséchées les joues de vos femmes, comme en saison sèche les torrents du Fouta
Les larmes les plus chaudes trop claires et trop vite bues au coin des lèvres oublieuses.

Nous vous apportons, écoutez-nous, nous qui épelions vos noms dans les mois que vous mouriez
Nous, dans ces jours de peur sans mémoire, vous apportons l'amitié de vos camarades d'âge.
Ah ! puissé-je un jour d'une voix couleur de braise, puissé-je chanter
L'amitié des camarades fervente comme des entrailles et délicate, forte comme des tendons.
Écoutez-nous, Morts étendus dans l'eau au profond des plaines du Nord et de l'Est.
Recevez ce sol rouge, sous le soleil d'été ce sol rougi du sang des blanches hosties
Recevez le salut de vos camarades noirs, Tirailleurs sénégalais
MORTS POUR LA RÉPUBLIQUE !

Tours, 1938.

Extrait de *Hosties noires* (1948)

À NEW YORK

(pour un orchestre de jazz : solo de trompette)

New York ! D'abord j'ai été confondu par ta beauté,
  ces grandes filles d'or aux jambes longues.
Si timide d'abord devant tes yeux de métal bleu, ton
  sourire de givre
Si timide. Et l'angoisse au fond des rues à gratte-ciel
Levant des yeux de chouette parmi l'éclipse du soleil.
Sulfureuse ta lumière et les fûts livides, dont les têtes
  foudroient le ciel
Les gratte-ciel qui défient les cyclones sur leurs
  muscles d'acier et leur peau patinée de pierres.
Mais quinze jours sur les trottoirs chauves de Manhattan
– C'est au bout de la troisième semaine que vous saisit
  la fièvre en un bond de jaguar
Quinze jours sans un puits ni pâturage, tous les oiseaux
  de l'air
Tombant soudain et morts sous les hautes cendres des
  terrasses.
Pas un rire d'enfant en fleur, sa main dans ma main fraîche
Pas un sein maternel, des jambes de nylon. Des jambes
  et des seins sans sueur ni odeur.
Pas un mot tendre en l'absence de lèvres, rien que des
  cœurs artificiels payés en monnaie forte
Et pas un livre où lire la sagesse. La palette du peintre
  fleurit des cristaux de corail.

Nuits d'insomnie ô nuits de Manhattan ! si agitées de feux follets, tandis que les klaxons hurlent des heures vides

Et que les eaux obscures charrient des amours hygiéniques, tels des fleuves en crue des cadavres d'enfants.

II

Voici le temps des signes et des comptes

New York ! or voici le temps de la manne et de l'hysope.

Il n'est que d'écouter les trombones de Dieu, ton cœur battre au rythme du sang ton sang.

J'ai vu dans Harlem bourdonnant de bruits de couleurs solennelles et d'odeurs flamboyantes

– C'est l'heure du thé chez le livreur-en-produits-pharmaceutiques

J'ai vu se préparer la fête de la Nuit à la fuite du jour. Je proclame la Nuit plus véridique que le jour.

C'est l'heure pure où dans les rues, Dieu fait germer la vie d'avant mémoire

Tous les éléments amphibies rayonnants comme des soleils.

Harlem Harlem ! voici ce que j'ai vu Harlem Harlem ! Une brise verte de blés sourdre des pavés labourés par les pieds nus de danseurs Dans

Croupes ondes de soie et seins de fers de lance, ballets de nénuphars et de masques fabuleux

Aux pieds des chevaux de police, les mangues de l'amour rouler des maisons basses.

Et j'ai vu le long des trottoirs, des ruisseaux de rhum

blanc des ruisseaux de lait noir dans le brouillard
bleu des cigares.
J'ai vu le ciel neiger au soir des fleurs de coton et des
ailes de séraphins et des panaches de sorciers.
Écoute New York ! ô écoute ta voix mâle de cuivre
ta voix vibrante de hautbois, l'angoisse bouchée de
tes larmes tomber en gros caillots de sang
Écoute au loin battre ton cœur nocturne, rythme et
sang du tam-tam, tam-tam sang et tam-tam.

III

New York ! je dis New York, laisse affluer le sang
noir dans ton sang
Qu'il dérouille tes articulations d'acier, comme une
huile de vie
Qu'il donne à tes ponts la courbe des croupes et la
souplesse des lianes.
Voici revenir les temps très anciens, l'unité retrouvée
la réconciliation du Lion du Taureau et de l'Arbre
L'idée liée à l'acte l'oreille au cœur le signe au sens.
Voilà tes fleuves bruissants de caïmans musqués ct
de lamantins aux yeux de mirages. Et nul besoin
d'inventer les Sirènes.
Mais il suffit d'ouvrir les yeux à l'arc-en-ciel d'Avril
Et les oreilles, surtout les oreilles à Dieu qui d'un rire
de saxophone créa le ciel et la terre en six jours.
Et le septième jour, il dormit du grand sommeil
nègre.

Extrait de *Éthiopiques* (1956)

J'AIME TA LETTRE

J'aime ta lettre, plus douce que l'après-midi du Samedi
Et les vacances, ta parole de songe bleu.

La fragrance des mangues me monte à la nuque
Et comme un vin de palme un soir d'orage, l'arôme
    féminin des goyaves.

Les tempêtes suscitent les humeurs, le palais blanc
    s'ébranle dans ses assises de basalte
L'on est long à dormir, allongé sous la lampe sous la
    violette du Cap.
La saison s'est annoncée sur les toits aux vents vio-
    lents du Sud-Ouest
Tendue de tornades, pétrie de passions.

Les roses altières les lauriers-roses délacent leurs
    derniers parfums
Signares à la fin du bal
Les fleurs se fanent délicates des bauhinias tigrées
Quand les tamariniers aux senteurs de citron allument
    leurs étoiles d'or.
Du ravin monte, assaillant mes narines, l'odeur des
    serpents noirs
Qui intronise l'hivernage.

Dans le parc les paons pavoisent, en la saison des
amours.
Rutilent dessus les pelouses, pourpres princiers, les
flamboyants
Aux cœurs splendides, et les grands canas d'écarlate
et d'or.
M'assaillent toutes les odeurs de l'humidité primor-
diale, et les pourritures opimes.
Ce sont noces de la chair et du sang – si seulement
noces de l'âme, quand dans mes bras
Tu serais, mangue mûre et goyave ouverte, souffle
inspirant ah ! haleine fraîche fervente…

J'aime ta lettre bleue, plus douce que l'hysope
Et sa tendresse, qui me dit que tu es m'amie.

Extrait de *Lettres d'hivernage* (1972)

AVANT LA NUIT

Avant la nuit, une pensée de toi pour toi, avant que je
    ne tombe
Dans le filet blanc des angoisses, et la promenade aux
    frontières
Du rêve du désir avant le crépuscule, parmi les gazelles
    des sables
Pour ressusciter le poème au royaume d'Enfance.

Elles vous fixent étonnées, comme la jeune fille du
    Ferlo, tu te souviens
Buste peul flancs, collines plus mélodieuses que les
    bronzes saïtes
Et ses cheveux tressés, rythmés quand elle danse
Mais ses yeux immenses en allés, qui éclairaient ma nuit.

La lumière est-elle encore si légère en ton pays lim-
    pide
Et les femmes si belles, on dirait des images ?
Si je la revoyais la jeune fille, la femme, c'est toi au
    soleil de Septembre
Peau d'or démarche mélodieuse, et ces yeux vastes,
    forteresses contre la mort.

Extrait de *Lettres d'hivernage* (1972)

24

ÉLÉGIE POUR
GEORGES POMPIDOU

À Madame Claude Pompidou

*(pour orchestre symphonique, dont un orgue
et des instruments négro-africain, indien et chinois)*

I

Et j'ai dit non ! je ne chanterai pas César
Je ne chanterai le foie de l'Arverne, ni sa queue ruis-
    selante d'alezan
Si je chante les forêts de Guinée-Bissao
Chante Amilcar Cabral : son nom soleil sur les com-
    battants noirs.
Mais voilà, la nuit ton regard me ronge, comme les
    punaises des bois
Je me réveille parmi des tourbillons de sueur, et il faut
    me barricader dans ma siniguitude
Pour ne pas hululer huhurler au ciel panique, sans ciel
    sans lune.
Ton regard me poursuit, muet, jusque dans le vent du
    printemps
Me poursuivait, tandis que je montais le long de la
    Grande Muraille
Contemplais la splendeur des Ming, si bleue si blanche
    et d'or et de pierres précieuses

Que je causais avec le camarade Tchen Yong-kouei,
    sa pureté bien nouée sur la tête
Debout sur les collines de la brigade de Tatchaï.
Or soufflait le vent du printemps, mauvais, et cla-
    quaient tous les drapeaux rouges.

II

Ami, si je te chante par-delà les haines de race, et delà
    les murs idéologies
C'est pour bercer l'enfant si blanc.
On l'a trouvé emmaillotté de souffrances, se débattant
Muet. Étrange enfant, jeune homme et homme plus
    étrange
Les cheveux noirs sur la peau pâle, avec tes yeux clairs
    sous les longs sourcils de brousse brûlée.
Si je te chante ami, c'est pour bercer mon enfant blanc
    dans son savoir et sa puissance
Sa solitude élyséenne. Il a besoin d'un camarade, qui
    lui tienne compagnie
Rien que de sentir son épaule dans la tranchée, la cha-
    leur rythmée de son souffle.
Sans quoi toute parole est vaine.
Tu te rappelles dis, je me rappelle, notre dernier revoir
Sous le versant laiteux du jour, comme si souvent
    l'hiver à Paris.
J'avais besoin de toi, te voir : l'appel d'un songe.
Tu étais tombé du lit et, très blanc, doucement tu râlais
Muet. En vain tu cherchas les yeux de ciel bleu, ta
    joie, que si tendrement tu avais voilés.
Je te sentais maintenant dans la distance de l'au-delà
Je te voyais sur l'autre rive, et à certains moments,
    haut si haut dans l'éther

Que j'avais bien de la peine à te suivre.

Soudain, tu revenais pour plaisanter ta « maladie »,
    qu'ils disent.

Je jouais à ne pas savoir, nous jouions au qui perd
    gagne de l'amitié.

III

Georges ami, toi qui avais déjà le masque blanc sur le
    visage

– Ainsi les sculptent vos voyants pour figurer les hôtes
    des Champs Méridiens

As-tu vu dis-moi son visage ? Est-elle, la Mort, au vrai
    sans visage

Comme le néant béant ? Ou bien t'a-t-elle souri de son
    sourire fétide

Avec de rares dents et qui sentent le soufre jaune ? Toi
    l'ami de son grand ami

Parle, a-t-elle une tête de dragon ? Non, les dragons de
    la souffrance, tu les as bien connus.

Ils étaient là avec leurs neuf têtes, et leurs écailles
    d'acier féroce

Des langues de napalm hors des antres pestilentielles.
    Leurs griffes

Des éclairs, et leurs clameurs des coups de foudre dans
    la tornade.

De la moelle humaine ils font leurs délices.

Tu n'as pas fui, pas sous les nuages ardents comme
    l'Askia à Tondibi

Tu as tenu, lucide et le foie formidable, Celte dans ta
    celticité.

Ton Saint Patron à tes côtés, luttant muscle contre
    muscle acier contre acier

L'esprit contre la chair, tu as bien tenu dix-huit mois.
   Mais elle prendra sa revanche
La gueuse. Au troisième assaut, les tranchées envahies
   de gaz poison, les os éclatés de coups de mine,
Brusquement, ton cœur a flanché
Oh ! doucement. Et dans un grand retournement vers
   les deux yeux d'azur
Tu es parti très calme, vers ta joie bleue vers la porte
   du Paradis.

IV

Maintenant que tu es parti – tu me l'avais promis, nous
   nous l'étions promis
Ce devait être à qui le premier –, est-ce vrai que tu vas
   me dire l'au-delà ?
Toi qui à la porte du Paradis, entrevois la béatitude,
   dis-moi ami, est-ce comme cela le ciel ?
Y a-t-il des ruisseaux de lait serein, de miel radieux
   au milieu des cèdres
Et des jeux juvéniles parmi les myrtes les cytises, et
   les menthes et les lavandes
Sur des pelouses toujours fraîches, fraîches toujours ?
Que le bonheur soit dans les yeux, est-ce vrai et qu'on
   s'abîme dans la contemplation du Dieu unique ?
Que l'Enfer c'est l'absence du regard ?
J'ai pourtant rêvé d'un autre ciel dans ma jeunesse
   illuminée.
À l'église de Ngasobil, nous chantions en dansant avec
   les Anges
Dans l'odeur des orgues, de la myrrhe de l'encens.
J'ai rêvé d'un ciel d'amour, où l'on vit deux fois en
   une seule, éternelle

Où l'on vit d'aimer pour aimer. N'est-ce pas qu'ils
iront au Paradis
Après tout, ceux qui s'aimèrent comme deux braises,
deux métaux purs mais fondus confondus ?
On l'a dit, qu'il leur serait beaucoup pardonné, beaucoup beaucoup.

V

Ainsi qu'à ceux qui aimèrent leur terre : leur peuple
Et tous les peuples, toutes les terres de la terre dans
un amour œcuménique
Et qui tinrent fidélité à leurs amis. Ami, quand tu seras
au Paradis
Avec saint Georges, je te prie de prier pour moi
Qui suis un pécheur d'avoir tant aimé : *amabam amare*.
Donnez-moi votre foi vos forces, pour qu'au milieu
des dragons, je prévaille contre mes peurs
En quoi réside le courage
Qu'au milieu des périls je tienne ferme, et fidèle
comme l'écorce au tronc.
Donc bénissez mon peuple noir, tous les peuples à
peau brune à peau jaune
Souffrant de par le monde, tous ceux que tu relevas
fraternel, ceux que tu honoras
Qui étaient à genoux, qui avaient trop longtemps
mangé le pain amer, le mil le riz de la honte les
haricots :
Les Nègres pour sûr les Arabes, les Juifs avec, les
Indo-Chinois les Chinois que tu as que j'ai visités
– Pour les Grands Blancs aussi pendant que nous y
sommes, priez, avec leurs super-bombes et leur
vide, et ils ont besoin d'amour.

Et je vois les Indiens, qui préfigurent l'homme trini-
taire, dans l'aurore nouvelle d'iridium
Je vois les Latino-Américains, leurs frères tes frères
sur l'autre face du monde
J'entends les appels des trompettes de toutes les
angoisses
De toutes les souffrances, pour qui tu offris tes souffrances
Tel qu'enfant dans ses épreuves, j'offris souvent mes
chagrins et mes Morts
Pour ton peuple rebelle, ton peuple douloureux et
généreux.

VI

J'ai choisi un jour de semaine, l'après-midi, quand sur
le cimetière la lumière est transparente.
Il y avait toujours de bonnes gens de France : des
Auvergnats bien sûr et des Bretons
Des Corses et des Catalans, des Alsaciens et toute la
périphérie, et l'Outre-Mer
Des ouvriers des paysans des petits commerçants, et
des concierges avec leurs enfants
Pas un seul bourgeois, naturellement.
Dans le printemps trop clair, je t'ai chanté de longs
thrènes, comme en pays sérère.
C'étaient de grandes filles de palmes, noires et bleues.
Elles chantaient en se balançant, chantaient sur le ton
haut des pleureuses
Et dans le printemps blanc, les ombres bourdonnaient
sur les prés vert et or.
Les thrènes tordaient leurs bras dolents, ils étaient
tristes *ndeïssane !* jusqu'aux larmes

Tandis que dans les artères les fûts, les jambes des
poulains des pommiers des coqs des champignons
Des herbes folles, montait la sève odorante en chantant
Que soudain éclatait la vie, jaillissant de la tendre ten-
sion des bourgeons.
Car c'est si triste de mourir
Par un jour de printemps, où la lumière est d'or blanc
Et que les jambes vous fourmillent de danses de chan-
sons.

VII

Dans la nuit tamoule, je pense à toi mon plus-que-
frère.
Au fond du ciel, les étoiles chavirent sous les madras
dénoués.
Comment dormir en cette nuit humide, odeur de terre
et de jasmin ? Je pense à toi.
Pour toi, rien que ce poème contre la mort.
J'ai contemplé le Taj Mahal, je l'ai trouvé splendide
Et je l'ai dédaigné, si froid pour un amour si grand.
Sur l'autel des paroles échangées, je t'offre ce poème,
comme une libation
Non pas la bière qui pétille et qui pique, je dis bien la
crème de mil
La sève tabala, que danse élancé le Seigneur Shiva.
Écoute la noire mélopée bleue, qui monte dans la
nuit dravidienne.

Pékin - Madras, 1974.

Extrait de *Élégies majeures* (1979)

TO A DARK GIRL

Tu as laissé glisser sur moi
L'amitié d'un rayon de lune.
Et tu m'as souri doucement,
Plage au matin éclose en galets blancs.
Elle règne sur mon souvenir, ta peau olive
Où Soleil et Terre se fiancent.
Et ta démarche mélodie
Et tes finesses de bijou sénégalais,
Et ton altière majesté de pyramide,
Princesse !
Dont les yeux chantent la nostalgie
Des splendeurs du Mali sous les sables ensevelies.

Extrait de *Poèmes perdus* (1984)

TRISTESSE EN MAI

C'est la douceur fondue du soir
Transparent vers dix-sept heures au mois de Mai.
Et monte le parfum des roses.
Comme pièces de monnaie au fond de l'eau en zigza-
    guant
Tombe le compte lourd de ma journée.

Des cris – qui sait si c'est de haine ? –
Des mots de fronde sur des visages d'adolescents.
Poussière et dos ruisselants, enthousiasmes, essouffle-
    ments.
Des enveloppes douloureuses avec paysages de baobabs,
Corvées en file indienne et charognards sur fond d'azur.
Bien des confidences encore.
Et pour relever mes épaules,
Pour donner le courage d'un sourire à mes lèvres
    défaites,
Pas un rire d'enfants fusant comme bouquet de bambous,
Pas une jeune femme à la peau fraîche, puis douce et
    chaude,
Pas un livre pour accompagner la solitude du soir,
Pas même un livre !

Extrait de Poèmes perdus (1984)

Birago Diop

VERNALE

Un sanglot qui se brise
Meurt dans un parfum de lilas,
Une chimère hier exquise
Laisse mon cœur bien las.

L'odeur seule persiste
Sur un bouquet déjà fané
Et mon cœur est triste, triste
comme un cœur de damné.

J'avais fait un beau rêve
Rien qu'un peu d'amour aujourd'hui,
Mais comme une bulle qu'on crève
Mon rêve s'est enfui.

IMPOSSIBILITÉ

Je voudrais vous dire des choses si tendres,
Vous murmurer des mots si doux,
Que seules les fleurs mortes peuvent entendre
Car c'est tout ce que j'ai de vous.

Je voudrais vous confier mon rêve de folie
Mon beau rêve si insensé,
Hanté par le spectre de la mélancolie
Où viennent sombrer mes pensers.

Je voudrais vous dire pourquoi mon âme pleure
Quand tout aime et refleurit,
Pourquoi elle gémit à la fuite de l'heure
Qui part sans apporter l'oubli.

Je voudrais vous dire comment je vous adore.
Hélas je ne le pourrais pas,
Et c'est en mon rêve qui s'envole à l'aurore
Que je dois le dire tout bas.

MISÈRE

à Jô KA

Larme, larme importune
qui choit sans bruit, dans la nuit
Comme un rayon de lune
dans la nuit qui fuit.
Le cœur vaste comme un rêve
un rêve d'enfant
Souffrant ailleurs
Vous pleure
Serments, leurres
des heures
d'antan.

Murmures, murmures indistincts
qu'on égrène sans fin
qu'on égrène en vain
sur les longs chemins,
Sur les chemins indistincts.
Les peines,
Les petites peines,
Les grandes peines
les peines lointaines
Reviennent

Ternir
le souvenir.

Plainte, plainte douce
sans cesse envolée
Que pousse
l'âme esseulée
Sur l'aile d'un rêve
Elle crève
Comme le sachet
d'un
parfum
secret.

Novembre 1929.

AUTOMNE

Amours de printemps
bourgeons éclos
larmes et serments
voluptueux sanglots
Tout repasse
dans mon âme lasse
qu'endeuille
la chute des feuilles

Automne
Rêves morts,
feuilles jaunes
que le vent du Nord
chasse…
Plainte basse
qu'entend
un cœur fêlé
pleurant son rêve en allé.
La feuille soupire
après sa brève destinée
moi sur mes amours fanés
Sur leur délire

Automne morose
Heures grises
qui brisent
les rêves enclos
dans leur linceul.
Moi toujours seul,
Je songe
Aux doux mensonges
Enfuis
Aujourd'hui.

BAL

Une volute bleue, une pensée exquise
Montent l'une sur l'autre en un accord secret
Et l'état rose tendre qu'un globe tamise
Noie un parfum de femme dans un lourd regret.

Le lent lamento langoureux du saxophone
Égrène de troubles et indistincts accords
Et son cri rauque, saccadé ou monotone,
Réveille parfois un désir qu'on croyait mort.

Arrête Jazz, tu scandes des sanglots, des larmes
Que les cœurs jaloux veulent garder seuls pour eux.
Arrête ton bruit de ferraille. Ton vacarme
Semble une immense plainte où naît un aveu.

MORBIDESSE

Sous l'effet d'une puissante drogue
Je voudrais dormir, dormir
Sans rêves et sans souvenirs
Dans les bras du Temps qui vogue.

Dormir jusqu'à jamais, pour
M'évader de la hantise
Qui peuple et qui brise
Tout ce que j'aimai un jour.

Mon cœur sans fibre
Sort de l'amour où
Pour lui tout vibre
Quand rien ne lui est doux.

Et tel le squelette pâle
Du tableau de Goya,
Soulevant la dalle
De sa tombe, il dit : « Nada ! ».

« À QUOI TIENT L'AMOUR » ?

Pour René FLORIO

Aux mots, à leur accent, aux choses,
Aux mille questions que l'on pose,
Au lourd silence inopportun,
Aux rêves qui fuient un à un ;

Aux sanglots réduits au silence,
Au lourd silence fait de souffrance,
Aux souffrances faites d'aveux
Qu'on ne dit plus dès qu'on est deux ;

À l'aspect des lieux que l'on hante,
Aux mots qu'on ne dit pas, aux mots
Qu'on a dits peut-être trop tôt,

Aux nerfs sensibles d'une amante
Et à l'énervance de l'air
Un soir trop parfumé, trop clair.

SAGESSE

Sans souvenir, sans désirs et sans haine
Je retournerai là-bas au pays,
Dans les grandes nuits, dans leur chaude haleine
Enterrer tous mes tourments vieillis.
Sans souvenirs, sans désirs et sans haine,

Je rassemblerai les lambeaux qui restent
De ce que j'appelais jadis mon cœur
Mon cœur qu'a meurtri chacun de vos gestes ;
Et si tout n'est pas mort de sa douleur
J'en rassemblerai les lambeaux qui restent.

Dans le murmure infini de l'aurore
Au gré de ses quatre Vents, alentour
Je jetterai tout ce qui me dévore,
Puis, sans rêves, je dormirai – toujours –
Dans le murmure infini de l'aurore.

LASSITUDE

Je traîne à chaque pas un boulet trop lourd
Fait de regrets, d'ennuis, de souvenirs moroses ;
Mais parfois, remembrant mes plus vieilles amours
Je trouve un doux parfum aux plus tristes des choses.

D'autres fois, le plus souvent quand s'abîme le jour,
Je me sens seul, en proie à un cafard sans cause,
Seul et veule et sans joie, invoquant le secours
D'un sourire défunt qui vaincrait ma névrose.

Étreintes et aveux où donc vous trouvez-vous ?
Sans vous je ne veux que pleurer ma peine amère.
Car le temps est parti portant je ne sais où

Tout ce que j'eus en moi de tendre et de sincère :
Échos d'un murmure et reflets d'un souvenir,
Mes rêves les plus doux, Mes plus fougueux désirs.

SOUFFLES

Écoute plus souvent
Les Choses que les Êtres
La Voix du Feu s'entend,
Entends la Voix de l'Eau.
Écoute dans le Vent
Le Buisson en sanglots :
C'est le Souffle des ancêtres.

Ceux qui sont morts ne sont jamais partis :
Ils sont dans l'Ombre qui s'éclaire
Et dans l'ombre qui s'épaissit.
Les Morts ne sont pas sous la Terre :
Ils sont dans l'Arbre qui frémit,
Ils sont dans le Bois qui gémit,
Ils sont dans l'Eau qui coule,
Ils sont dans l'Eau qui dort,
Ils sont dans la Case, ils sont dans la Foule :
Les Morts ne sont pas morts.

Écoute plus souvent
Les Choses que les Êtres
La Voix du Feu s'entend,
Entends la Voix de l'Eau.
Écoute dans le Vent

Le Buisson en sanglots :
C'est le Souffle des Ancêtres morts,
Qui ne sont pas partis
Qui ne sont pas sous la Terre
Qui ne sont pas morts.

Ceux qui sont morts ne sont jamais partis :
Ils sont dans le Sein de la Femme,
Ils sont dans l'Enfant qui vagit
Et dans le Tison qui s'enflamme.
Les Morts ne sont pas sous la Terre :
Ils sont dans le Feu qui s'éteint,
Ils sont dans les Herbes qui pleurent,
Ils sont dans le Rocher qui geint,
Ils sont dans la Forêt, ils sont dans la Demeure,
Les Morts ne sont pas morts.

Écoute plus souvent
Les Choses que les Êtres,
La Voix du Feu s'entend,
Entends la Voix de l'Eau
Écoute dans le Vent
Le Buisson en sanglots,
C'est le Souffle des Ancêtres.

Il redit chaque jour le Pacte,
Le grand Pacte qui lie,
Qui lie à la Loi notre Sort,
Aux Actes des Souffles plus forts
Le Sort de nos Morts qui ne sont pas morts,
Le lourd Pacte qui nous lie à la Vie.
La lourde Loi qui nous lie aux Actes
Des Souffles qui se meurent

Dans le lit et sur les rives du Fleuve,
Des Souffles qui se meuvent
Dans le Rocher qui geint et dans l'Herbe qui pleure.

Des Souffles qui demeurent
Dans l'Ombre qui s'éclaire et s'épaissit,
Dans l'Arbre qui frémit, dans le Bois qui gémit
Et dans l'Eau qui coule et dans l'Eau qui dort,
Des Souffles plus forts qui ont pris
Le Souffle des Morts qui ne sont pas morts,
Des Morts qui ne sont pas partis,
Des Morts qui ne sont plus sous la Terre.

  Écoute plus souvent
  Les Choses que les Êtres
  La Voix du Feu s'entend
  Entends la Voix de l'Eau
  Écoute dans le Vent
  Le Buisson en sanglots,
  C'est le Souffle des Ancêtres.

LE CHANT DES RAMEURS

J'ai demandé souvent
Écoutant la Clameur
D'où venait l'âpre Chant
Le doux chant des Rameurs.

Un soir j'ai demandé aux jacassants Corbeaux
Où allait l'âpre Chant, le doux Chant des Bozos ;
Ils m'ont dit que le Vent messager infidèle
Le déposait tout près dans les rides de l'Eau,
Mais que l'Eau désirant demeurer toujours belle
Efface à chaque instant les replis de sa peau.

J'ai demandé souvent
Écoutant la Clameur
D'où venait l'âpre Chant
Le doux chant des Rameurs.

Un soir j'ai demandé aux verts Palétuviers
Où allait l'âpre Chant des Rudes Piroguiers ;
Ils m'ont dit que le Vent messager infidèle
Le déposait très loin au sommet des Palmiers ;
Mais que tous les Palmiers ont les cheveux rebelles
Et doivent tout le temps peigner leurs beaux cimiers.

J'ai demandé souvent
Écoutant la Clameur
D'où venait l'âpre Chant
Le doux chant des Rameurs.

Un soir j'ai demandé aux complaisants Roseaux
Où allait l'âpre Chant, le doux Chant des Bozos.
Ils m'ont dit que le Vent messager infidèle
Le confiait là-haut à un petit Oiseau ;
Mais que l'Oiseau fuyant dans un furtif coup d'ailes
L'oubliait quelquefois dans le ciel indigo

Et depuis je comprends
Écoutant la Clameur
D'où venait l'âpre Chant
Le doux chant des Rameurs.

VANITÉ

Si nous disons, doucement, doucement
Tout ce qu'un jour il nous faudra bien dire,
Qui donc écoutera nos voix sans rire,
Mornes voix geignardes de mendiants
Qui vraiment les écoutera sans rire ?

Si nous crions rudement nos tourments
Depuis toujours montant couche à couche,
Quels yeux regarderont nos larges bouches
Faites au gros rire de grands enfants
Quels yeux regarderont nos larges bouches ?

Quel cœur entendrait nos vastes clameurs ?
Quelle oreille nos colères chétives
Qui restent en nous comme des tumeurs
Dans le fond noir de nos gorges plaintives ?

Quand nos Morts sont venus avec leurs Morts
Quand ils nous ont parlé de leurs voix lourdes ;
Comme nos oreilles ont été sourdes
À leurs cris, à leurs appels les plus forts
Comme nos oreilles ont été sourdes.

Ils ont laissé sur la Terre leurs cris,
Dans l'air, sur l'eau, ils ont tracé leurs signes
Pour nous Fils aveugles sourds et indignes
Qui ne voyons rien de ce qu'ils ont mis
Dans l'air, sur l'eau où sont tracés leurs signes.

Et puisque nos morts nous sont incompris
Puisque nous n'entendrons jamais leurs cris
Si nous pleurons doucement, doucement
Si nous crions rudement nos tourments
Quel cœur entendra nos vastes clameurs
Quelle oreille les sanglots de nos cœurs ?

Poèmes extraits de *Leurres et lueurs*,
Présence africaine, 1960

Jacques Rabemananjara

INTERMÈDES

I

Je rêve d'une vierge au profil de mystère
Dont les yeux inconnus neigent de bleus regrets.
Et, fleur de sang penchée au puits de mon parterre,
Ses lèvres écloront de sanglotants secrets.

Elle m'aura bercé comme un frère distrait
Dont le songe d'azur se fane sur la terre.
Mon cœur, jusqu'à la mort, aura gardé ses traits
Dans un rayonnement de beauté solitaire.

Elle m'aura caché dans sa virginité.
Et, sous les lourds manteaux des candeurs et des flammes
J'aurais vécu mille ans avec sérénité.

Quelquefois seulement, j'entendrai de ses blâmes,
Quand elle aura compris que, trop longtemps, mon âme
S'attarde sur ses seins pressant l'Éternité…

Extrait de *Sur les marches du soir* (1940)

Île !
Île aux syllabes de flamme !
Jamais ton nom
ne fut plus cher à mon âme !
Île,
ne fut plus doux à mon cœur !
Île aux syllabes de flamme,
Madagascar !

Extrait de *Antsa* (1961)

Je mords ta chair vierge et rouge
avec l'âpre ferveur
du mourant aux dents de lumière,
Madagascar !

Un viatique d'innocence
dans mes entrailles d'affamé,
je m'allongerai sur ton sein avec la fougue
du plus ardent de tes amants,
du plus fidèle,
Madagascar !

Extrait de *Antsa* (1961)

Oh, l'ivresse, l'ivresse suprême
de l'étreinte qui ne se relâche pas
de tout le jour, de toute la nuit des siècles,
Madagascar !

C'est moi le danseur qui t'ai prise
au tournant mortel du destin ;
retenu tes pas sur l'abîme ;
jeté aux quatre vents du ciel
la vieille natte de cinq centimes
où frissonnait sous l'aigre souffle des larrons
ta nudité d'ampela royale,
Madagascar !

Extrait de *Antsa* (1961)

Mais, ce soir, la mitrailleuse
râcle le ventre du sommeil.
La mort rôde
parmi les champs lunaires des lys.
La grande nuit de la terre,
Madagascar !

Qui soufflera de nouveau, mes Ancêtres,
dans l'Antsiva du ralliement et de la paix ?
Qui fera retentir la kaïamba sonnante,
Madagascar !

Extrait de *Antsa* (1961)

Ici le cercle
étroit de la prison
éclate.
Et les murs,
et toutes les barrières et toutes les consignes
éclatent, et la gueule des molochs,
et la langue de toutes les vipères anachroniques.

Vaine l'étreinte des horizons.
La voûte même du ciel
éclatera,
Madagascar !

Je te salue, Ile !
Des confins de mes tourments,
je t'adore !

Extrait de *Antsa* (1961)

Ta beauté,
ma droite
la brandit jusqu'à la hauteur des astres,
Madagascar !

Une toge sur mes épaules :
la volonté de ta grandeur.
Le serment en a pris racine
au coin de l'habitat des morts.
Témoins toi-même et les Ancêtres,
Madagascar !

Le sang clair bu par les tombes
consacre à jamais de l'Elu
la noce rouge avec la Race,
Madagascar !

Extrait de *Antsa* (1961)

L'immensité de ta légende,
le renouveau de ton renom
ont pris l'espace pour mesure.

Mon amour fixe l'infini
et ma foi fixe la durée,
Madagascar

Mais quels sorciers borgnes,
sans entendre l'appel
sublime des oracles
ont mouché
la flamme des riches espoirs ?

Extrait de *Antsa* (1961)

Maudite soit l'inique idole
qui s'en vient d'un geste fou
fausser l'élan des jeunes pousses,
l'essor des épis jaunissants !

Pleure, Madagascar, Pleure !

Vides seront demain
les greniers de l'Espérance.
Vides les champs jadis
peuplés de pollen et de lumière.
Un haut papangue crie, perçant,
à la croisée des quatre brises.
Nos malheurs gorgent les corbeaux
et nos jeunesses les tombeaux !

Extrait de *Antsa* (1961)

Pleure, Madagascar, Pleure !

Ne troublera pas de ses gloses
les étangs moirés du Déclin
cette sarcelle abandonnée
aux cruautés des sables blancs.

Perdront bourdon, perdront murmure
vos ruches, Villages de l'Est !
Nulle voix d'allégresse
aux portes des remparts.

Dans le puits de l'Enceinte
nul corps au souple élan
ne baignera l'offrande
des chastes pubertés.

Extrait de *Antsa* (1961)

PÂQUES 48

À Matha.

Un ciel plus pur que tous les rêves
    de l'enfance.
Une âme triste à en mourir.

Où sont les rêves du printemps ?
Qui marche au loin parmi les roses
Un ciel de béryl et d'extasc
et cette âme triste à mourir
    de lassitude !

Les gaîtés d'avril et de mai
quelle pavane pour l'Infante !
Des parfums tombent des lucarnes,
    douces vagues de caresses.

Un champ de lis aux alentours
Mille oiseaux de pourpre et de flamme.
Des refrains d'or sur les rizières.

Ces carillons au ton d'aurore
Quelle pavane pour l'Infante !

Mais au cœur lépreux de l'Enceinte
s'élève en râles d'agonie,

Le blasphème des « barbelés »
et des cailloux en dents de scie.

Un morceau d'espace palpite
        dans la serre des barreaux.

Le souvenir à grands coups d'aile
        s'abat soudain sur la pierre :
        la cage morne s'anime
à ses longs cris d'oiseau blessé
        qui déchirent
        le silence de neige et d'abîme
        du désert...

C'était jadis au temps des rois :
Le Luxembourg, les Tuileries !
        Des robes claires
sur la grand'route du soleil
        et de la joie.

Qui marche au loin parmi les roses,
dans le délire des corolles
        et des sonneries pascales !

Quand, par les nuits de la Cité,
Notre-Dame accroche aux étoiles
le destin bleu d'un peuple entier,
le long des quais erre l'Infante :
vaine recherche des jours morts
        sur la face
fuyante et lisse des flots noirs !

Un page fier comme un printemps
lui murmure, ramier de feu,
tous les chants des oiseaux des îles
C'était jadis au temps des rois !

Ici la complainte des murs
        sur le thème de la mort
La blancheur sourde de la chaux
dit le mystère des ténèbres.

Sur le suaire du silence
        passe comme sur la tombe
le frisson impur de la haine.

Les mains froides de l'Étrangleur
fouillent la gorge et les viscères
du firmament immaculé.

Mais toute l'angoisse des fleurs
        un songe unique :
le baiser mâle du soleil
sous le vertige de l'azur

Quand danserai-je orné de roses
dans le délire des corolles
et des sonneries pascales !
Quand donc, quand donc danserons-nous,
sur les esplanades d'amour !

Un sanglot monte des entrailles
        de la terre.
La nuit entr'ouvre ses paupières
sur le sein nu de la douleur.

Un morceau d'espace et de brise,
serait-ce une âme qui palpite
        dans la serre des barreaux ?

Qui marche au loin parmi les roses
dans le délire des corolles
        et des sonneries pascales ?

Un ciel plus pur que tous les rêves
        de l'enfance
Oh ! ce viol de l'innocence
        un jour de Pâques

dans l'étau double
du roc et de la solitude.

Prison militaire du Fort Voyron, Tananarive,
28 mars 1948.

Extrait de *Antidote* (1961)

INITIATION

IV

Dormeuse, te voici lourde de volupté.
Un fil de songerie erre au coin de ta bouche.
Je contemple parmi les trésors de ta couche
la chaste nudité du corps que j'ai sculpté.

Mes doigts vont effeuiller sur tes paupières closes
les multiples splendeurs de mon nouveau printemps.
Le mois de mai royal s'est couronné de roses
et des pétales d'or jonchent le clair étang.

L'aube nous surprendra dans l'heureuse défaite :
Immobile, le bras replié sur ta tête,
je n'invoquerai point la grâce du soleil.

Dors, ma Princesse, dors. Sur ta nuque d'ivoire
se déploie, impalpable, et la soie et la moire
que tisse entre nos corps le charme du sommeil.

Extrait de *Les Ordalies* (1972)

Bernard B. Dadié

AUX POÈTES

Pêcheurs d'aurores
briseurs de chaînes
dans la nuit,
Moissonneurs d'étoiles
Vieux paladins,
                    courant le monde,

Ma terre geint de tous les murmures
Mon ciel gronde de tous les cris étouffés.

J'ai mal aux angles
Dans ma cage
Dans mon silence d'acier
                    d'orage.

Pêcheurs d'aurores
Moissonneurs d'étoiles
Faites-le Jour autour de moi,
Le jour autour des miens.

1950

HOMMES DE TOUS LES CONTINENTS

À Pierre Seghers.

Je sors des nuits éclaboussées de sang !

Regardez mes flancs
Labourés par la faim et le feu
Je fus une terre arable
Voyez ma main calleuse,
          noire
à force de pétrir le monde.
Mes yeux brûlés à l'ardeur de l'Amour.

J'étais là lorsque l'ange chassait l'ancêtre,
J'étais là lorsque les eaux mangeaient les montagnes
Encore là, lorsque Jésus réconciliait le ciel et la terre,
Toujours là, lorsque son sourire par-dessus les ravins
Nous liait au même destin.

          Hommes de tous les continents
Les balles étêtent encore les roses
dans les mains de rêve.

Sorti de la nuit des fumées artificielles
Je voudrais vous chanter

Vous qui portez le ciel à bout de bras
     Nous
qui nous cherchons dans le faux jour des réverbères.

Je connais mois aussi
Le froid dans les os, et la faim au ventre,
Les réveils en sursaut au cliquetis des mousquetons
Mais toujours une étoile a cligné des yeux
Les soirs d'incendie, dans les heures saoules de
    poudre.

Hommes de tous les continents
Portant le ciel à bout de bras,
Vous qui aimez entendre rire la femme,
Vous qui aimez regarder jouer l'enfant,
Vous qui aimez donner la main
pour former la chaîne,

Les balles étêtent encore les roses
dans les matins de rêve.

16 mai 1960

TU DORS

La nuit est bien silencieuse.
      Tu dors
Et je veille.

      Tu rêves sans doute
Et moi j'égrène nos souvenirs
en t'écoutant respirer.

La nuit est bien silencieuse.
      Tu dors
Et je veille sur notre amour.

Je remue nos songes qu'ensevelissent les jours
Je les tire de l'oubli pour les hisser sur le pavois,
J'ai retrouvé nos larmes d'enfants

La nuit est bien silencieuse.

Je suis le vieux guetteur
qui monte la garde sur les remparts.
Je sais comment on prend une ville,
Je sais comment on perd un cœur.
      Tu dors
Et je veille.

Je suis le ciseleur de nuits étoilées,
l'orfèvre des Jours.
J'ai pour messagers les aurores,
et l'arc-en-ciel des heures calmes.
Du temple de mon Dieu,
N'approche aucune odeur de poudre
           aucune odeur de sang
           Nul sanglot de femme.

Je suis le vieux guetteur
qui monte la garde sur les remparts.
La nuit est bien calme
Et tu dors…

Les hommes ont effeuillé mes songes
Je n'avais pas, pour paraître devant eux
           ma robe de lin,
Ils me demandaient un parchemin.
Je n'avais qu'un bouclier de guetteur.
Le jour point
Et, nous retrouverons demain dans le jardin
En poussières d'argent sur le rosier
nos rêves d'enfants.

Je suis le vieux guetteur
qui monte la garde sur les remparts.
J'ai dans mes yeux, les aurores des temps anciens
Et dans la tête, la chanson des temps futurs.

20 juillet 1960

TISONS DANS LA NUIT

Nègres de toutes les couleurs,
    Et de toutes les latitudes,
hommes des profondeurs et des soutes
gluants de fatigue et titubant de soucis,
Nègres roulant à fond de cale dans le temps,
immergés, submergés, écrasés, écartelés,
dressés pour courir après le pain dit quotidien
et sans cesse trembler à la bourrasque
des maîtres et des courtisans ;

hommes d'aucune confraternité
qui ne sachant ni louer, ni prier, ni ramper,
portons le poids des complaisances ;
clients des bals populaires dans les marchés fétides
des corbillards de sixième classe
des messes de requiem sans apparat

Nègres de toutes les couleurs,
de toutes les lisières, de toutes les frontières
vendus au poids d'heures de travail,
tisons dans la nuit,
le soleil à son lever nous retrouve sur le chemin.

Les marchands ont rebâti le temple
Le pain et le vin distribués sur la montagne
aux frères, sont remis sous verrou
Et l'écuelle dans nos mains, bâille
de faim, de soif
nos côtes servent de harpe au vent
    le soleil à son lever nous retrouve sur le chemin
Les longues étapes ne nous font pas peur
Nous savons dompter la faim et le froid.

Nègres de toutes les latitudes,
Roulant à fond de cale dans le temps,
Que de nos mains unies
Jaillisse la flamme
Qui éclairera le nouveau trajet de l'homme.

                                 15 août 1960

MASQUES

Masques…
Masques blancs ! Masques noirs !
Masques toutes-couleurs,
Je ne vous adresse aucune prière !
Masques de mort
      de faim
      de soif

Masques sans entrailles et sans rêves !
Oh ! Ronde de masques sur les routes
dans les palais argentés de larmes
Masques à la lisière du temps
Je vous somme de montrer votre visage
pour que se délivre la joie de vivre.

      Masques de bronze et de fer
         de cuivre et d'argent
         d'or et de bois.

Masques couverts de masques
Aviez-vous vu naître les eaux
         couler les étoiles
         modeler les continents.

l'oisillon au premier jour
prendre son premier vol
dans le premier matin
que filait le soleil ?

Masques… de masques !
Masques ! Le verbe était avant vous.
Et le poète, des matériaux dont Dieu fit le monde.
Masques sans lumière, sur vos têtes aucune étoile.
Mais nous, nous les portons dans nos corbeilles
        Nous les avons en parure,
Nous les semons sous les pas des hommes
Nous les projetons dans les nuits couleur de masque.

Masques !

        Masques dans les mausolées,
        Masques aux carrefours sur des piédestals
        Masques dans les tombes.

Nous resterons pour vous des énigmes
Parce que du Soleil.

                                    21 novembre 1961

FRÈRE BLANC

Frère Blanc,
        dépassons le Jour,
      les nuances,
      la Nuit,
  La Nuit des Noëls que je suis,

Regardons-nous de la montagne
Et bâtissons la cité sans frontière.
     Pavés
Sur la route du temps
     Pions
Sur le damier du Sort,
L'hiver nous retrouve à pied d'œuvre colmatant nos
   masures.

Frère Blanc,
Ton cœur n'est ni de marbre ni d'airain
    Rangeons nos masques.
Le cœur ne connaît de couleur
    que le rose de l'Amour
      et le bleu des Rêves.

Frère Blanc,
   Rangeons

Prestige
Empire
Ombres augustes
grand chapitre
de notre histoire.

Nous sommes du siècle
Ton cœur est de chair
Je le sais
Le mien aussi
Tu le sais.

Frère Blanc,
Tu es un homme
Et moi aussi
C'est tout dire.

1958

CEUX QUI PARTENT

Ceux qui partent
Ne sont pas ceux qui meurent
Et dont une main pieuse ferme les yeux

Ceux qui partent
sont ceux qu'on cueille
        à l'aube
et que la Mort fauche dans les ténèbres des cages.

Ceux qui partent
ne sont pas ceux qui meurent
et qu'on couvre de larmes et de fleurs
Ils vivent dans nos mémoires
        peuplent nos nuits de murmures
        Nous visitent en songe.

Ceux qui partent
sont ceux qu'on enterre vivants
dans toutes les forteresses du monde
et que nul rayon n'éclaire

Ceux qui partent
sont ceux qu'on jette
dans la poubelle des prisons et des fosses communes.

1963

RAMASSEUR DE BALLES

À Emile Snyder.

Ramasser des balles est une vieille histoire
      balles de tennis
      balles de coton
      balles de fusils

Vêtu d'aurore, de crépuscule ou de nuit,
Je fais le tour des champs et des courts
Habillé d'oripeaux qui m'effraient moi-même.
Comment sortir de ma nuit blanche ?
Porteur de nœuds et de complexes
Je ramasse toutes les balles du monde
      cible noire,
Chacun sur moi fait mouche
Et pourtant, je sais n'avoir plus
de chaînes aux reins
mais comment sortir de la nuit blanche
me pencher au balcon de l'histoire
sans troubler le grand festin ?
Nous sommes encore à considérer les ombres
quand c'est l'ère de contempler le soleil.

Ramasser des balles est une vieille histoire
Oh je sais l'on me croit dans le fossé
qu'on me retrouve sur la route
les débris d'un monde dans les mains
Je sais prendre, les balles, Ami.
　　　balles de tennis
　　　balles de coton
　　　balles de fusils.

Février 1964

JE CHANTE L'HOMME

Hibiscus et lagunes
Vieilles parures
  Je chante l'homme.

Fleurs et libellules
Jeunesse du Temps
  Je chante l'homme

Ors et diamants
Marches de tout calvaire
Mirages dans le désert des cœurs
  Je chante l'homme

Hommes de tous les bords et de tous les rivages
    Hommes sandwichs
Dont se gave la Mort
    Hommes
            balles
                    brûlots
Épouvantails au long des chemins,
Fleuve boueux de faims et de soifs

Vous tous qui
Au chant du coq vous levez en sursaut

Pour une nouvelle étape,
Malgré vos pieds meurtris
Laissant traîner sur la route des lambeaux de rêves
Qui titubez dans la nuit quotidienne,
Vous dont les songes sont des cauchemars
        Hommes sans couronne de fer ou de bronze
Voisins de cabine dans le temps
Que nous croyons si divers et si lointains
Je vous chante à l'aurore de ma vie.

1964

RETOUR AU FOYER

Aux Artisans du premier Festival
mondial des Arts nègres

Léopold Sédar Senghor
Alioune Diop

Cinq siècles
de voyages et d'enrichissement
de mort et de résurrection

Cinq siècles
pour veiller aux croisées du monde
à toutes les gestations de l'univers.

Homme du Saint-Esprit,
j'ai, dans tous les dialectes, prié les dieux lares des
continents
sans jamais oublier d'avoir été grand prêtre dans le
temps
messager de la bonne nouvelle
tisserand qui liait le ciel et la terre.

Chez nous, point de tombeau de marbre
de verrou à la vie

Je suis la nuit des promesses
C'est pourquoi j'ai gardé

  L'ESPOIR
 de redonner force
    à toutes les mains mortes
d'en faire une guirlande pour notre globe
l'arc-en-ciel de la Réconciliation.

Je me souviens d'avoir été
  placé,
   machine,
    eunuque
     signet
      fou de cour
       monnaie
   d'avoir changé de couleur
    avec les saisons et les modes,

J'ai perdu mes titres de noblesse dans l'aventure.

Quel parchemin brandir
lorsque j'ignore le mot de passe ?
Les sages tiennent un autre langage
afin que ne s'éteigne la Flamme
car pour fleurir les nouvelles têtes royales
tous les troupeaux sont décimés
et les peuples meurent de faim.

  Cinq siècles
Je n'ai pas pu changer cependant
et c'est aujourd'hui l'assomption des tams tams

le retour au foyer déserté d'hier
le repas à prendre en commun

la prière redite ensemble sous le vieux baobab
à notre dieu de plein air,

     de plénitude

sans bouclier et sans vieille garde.

Apportez-moi donc
     le kaolin et l'huile de palme de la première lune,
     le poulet blanc et l'igname de la première récolte
     l'œuf de la première ponte.

Les dieux aiment les prémices,
et j'ai été grand prêtre.

Des milliers de lunes de veille,
          de rêves,
             de chants,
               de danses

     de
COMBAT

    Cinq siècles
pour crier justice
    au long du chemin
          dans les bourgs et les hameaux
et je ne compte plus les compagnons lapidés
          tombés sur les remparts

    ensevelis
avec les tatas et les voiliers

emmurés
dans toutes les bastilles

D'aucun pays, d'aucune couleur
Flambeaux sur notre route,
Ils reviennent
   les soirs
     rouvrir les prisons
       à tous les matins

  Hommes,
Voici venue l'heure de Vérité
   la Pâque
celle où nous nous présentons tous nus
dans la splendeur de notre couleur.
Je ne me croyais plus
    fils d'Adam,

      descendant de Noé,
  moi aussi sauvé par le Christ

  Tant
J'ai longtemps souffert de la faim et du froid
   de la solitude.

Je porte encore les stigmates de la servitude
   de la mort
Je tâtonne dans la nuit blanche
   dans le jour noir

Je vous reviens cependant pour la fête, la rencontre,
   le nouveau foyer
   apportant à l'autel du monde,
    mes chants et mes espoirs.

Hommes,
Frères que divisent
            les vallons et les cours d'eau
            les berceaux et les tombes
        un accent
                une langue
        Revoici le vieux pèlerin
qui depuis l'aube court le monde
pour ramasser les miettes de rires et de rêves.

        Pour replacer l'homme
                        sur son socle,

lui redonner valeur
                intrinsèque

essuyer
        les larmes des fiancées et des mères

Replantez-moi encore
à tous les carrefours
pour conjurer le mauvais sort

        Car JE VEUX que

les hommes chantent et dansent
à la lueur de toutes les étoiles.

                                24 août 1965

Poèmes extraits de *Hommes de tous les continents*,
Présence africaine, 1967

Tchicaya U Tam'Si

LE MAUVAIS SANG
(andante)

I

Pousse ta chanson – Mauvais sang – comment vivre
l'ordure à fleur de l'âme, être à chair regret
l'atrocité du sang fleur d'étoile, nargué
Des serpents dans la nuit sifflaient comme des cuivres

Cotillon mille soleils ressac pour un chant d'orgues
mon sang s'est dispersé car un preux demain
dira sur ma ville tout comme un beau destin
nous n'irons plus pleurer sous le ciel gris des morgues

Je serai la mouette la morte par déveine
Un grand gibet levé remise pour les peines
m'emporte haut et fier en habits festonnés

Pleure le malheur viendra ternir les diamants
Ton sang te matraque, ô mes cœurs époumonés
Je suis noir fils solaire à main le chant dément.

Extrait de *Le Mauvais Sang* (1955)

LE PAIN BIS

Sur les vitres sombres vert-cuit
Je t'ai cherchée comme un oiseau
Bleu ivre sous l'arche des mots
L'arbre n'avait plus qu'un seul fruit…

J'ai quitté le jardin depuis
l'autre saison. Reviens bientôt
vrai je finirai il le faut
notre si beau meurtre à l'ennui.

Femme jolie amante aimée
Francs baisers salons verts froissés
Qu'est-ce l'air saigne le ciel doute

Oh que ceux qui partent sont beaux
Quand au ciel il y a des routes
Eux ils vont conquérir l'écho !

Extrait de *Le Mauvais Sang* (1955)

LES CRÉPUSCULAIRES
(largo)

I

LE MAL

à P. Bablet.

Ils ont craché sur moi, j'étais encore enfant,
Bras croisés, tête douce, inclinée, bonne, atone.
Pour mon ventre charnu, mon œil criait : aumône !
J'étais enfant dans mon cœur il y avait du sang.

Dans mes mains d'enfant public il y avait le temps,
La nuit, ma voix, au ciel, faisait les astres jaunes ;
J'enfermais mon chant cru dans le fût d'un cyclone,
Je peignais des signes bleus sur les talismans.

Ils ont craché sur moi pour bénir l'inceste ;
ma terre a jailli d'or et gangrené le reste
ils ont rampé plus bas, ils m'ont brisé les veines,

Et l'or sur mon sang faisait comme une éraillure
de fruit battu fange où tout volait en cassures…
J'étais enfant couché sur un lit de verveine.

Extrait de *Le Mauvais Sang* (1955)

101

LE SIGNE DU MAUVAIS SANG

Je suis le Bronze l'alliage du sang fort qui gicle quand souffle le vent des marées saillantes

Le destin des divinités anciennes en travers du mien est-ce raison de danser toujours à rebours la chanson ?

J'étais amant à folâtrer avec les libellules ; c'était mon passé – ma mère me mit une fleur de verveine sur ma prunelle brune.

Je sentis mon sang allié sourdre des cadences rauques où bâillaient des crapauds pieux comme des amis.

Très pur le destin d'un crapaud !

Un pays tout latérite, des cauchemars qui fendent le crâne avec la hache des fièvres.

J'accuse la lumière de m'avoir trahi.

J'accuse la nuit de m'avoir perdu.

En vain, je promène une morte dans mon destin et le rire des mères et mon cœur enlisant et ce fleuve si lisse où ne poussera le liseron fin je porte aux mondes deux mains et leurs dix doigts pour une arithmétique élémentaire où se chiffrent naître aimer mourir et le corollaire qui est du corail colorié.

De mémoire d'homme l'orgueil fut vice j'en fais un Dieu pour vivre à la hauteur des hommes d'honnêtes fortunes.

Je suis homme je suis nègre pourquoi cela prend-il le sens d'une déception ?

Dix doigts pour une arithmétique élémentaire.

J'ai beau être le Bronze il m'en souvient : tout Juif est un régicide-né le Christ est un innocent et il faut que meurent les innocents, mais moi je n'ose mon suicide.

Alors le Golgotha c'est quoi ? je n'ai pas choisi d'être bâtard. Vint la cruauté la saveur aux lèvres.

La logique veut : il faut construire le monde…

Mais il eût fallu graver sur les pierres d'autres symboles et voir à tout prix dans le monde des regards qui fondent en larmes.

J'aurais payé mon tribut.
Splendeur !…

Fleuve non mer non lac non, arbre oui arbre mauve à l'endroit du soleil rond, arbre la nuit mille et mille lucioles en font un diamant brut comme la naissance et j'ouvre mes bras pour me chercher une mère-Misère ! Pitié ! Splendeur ! Clopin-clopant infernale cadence !

fleuve mer lac non non viendra l'orfèvre Je fermerai mes bras pour retrouver un cœur de pierre. Crève donc !

Avant écoute c'est le chant du coq la terre est lumière nous allons mourir le cercle de la vie va nouer sur nous son énigme les bêtes sont des fantômes nous sommes leur conscience chut ! la lune… je suis mort par vilenie mort mort sanglant – Splendide ! par un clair de lune du coton blanc dans mes narines noires.

Les chacals se sont tus pour m'entendre chanter Ô terre hantée Trois fois je t'exorcise. C'est moi – j'appelle folie ce qui dénoue l'homme.

Les limaces lissant leur chemin ne parlent pas d'audace où trouver un symbole fort : les poux tenaient à mon corps.

Danse il danse dans mon cœur comme une terreur. Je bâille à la Chrétienté Vive moi – ni chaud ni froid ni châtré vivant parmi la luxure.

Ils marchent à pas lents des orphelins nus de honte comme si avec le sens que nous avons du monde il est permis à des orphelins privilégiés d'être sans père Quelle comédie !…

Ils ont des ongles qu'ils se font chaque matin quand l'aube éclate et ils voient dans le désert des miroirs le peu de profondeur qu'ont leurs âmes ils s'écorchent le cœur.

Non nous retournons à la Matière Le feu brûle l'eau mouille la lumière n'a pas de trace.

Le vin bu me ramenait à cette autre certitude-ci il faut souffrir pour être un homme comme il faut et avoir hors des songeries des châteaux en Espagne – (l'Espagne est un faux pays) – Un homme comme il faut c'est-à-dire un homme dément un homme au bas sens du mot homme – une « hache » aspirée deux « je t'aime » un nœud E muet abstrait le corollaire une arithmétique élémentaire…

Les corbeaux comme les pies vénèrent les épouvantails. Ce sont disent-ils des idoles humaines ; nous nous sommes pour la légalité, le respect des cultures, des préséances ! Et ils ouvrent grandes leurs ailes et chantent des Te Deum en bas latin pies-corbeaux.

J'ai beau être le Bronze il m'en souvient il est permis d'être un régicide il est mal de porter une couronne d'épines même pour innocenter un peuple innocent.

Mes pieds sur ma savane inscriront des chemins l'Aube douce éclate dans ma gorge je peins la nuit pour que le jour soit éternité. Je crée la Fraternité puisque le Christ ce Juif vendu a payé pour toutes les âmes damnées. Il y avait des cailloux noirs et blessants sur le sentier qui menait au Golgotha. Donc je proclame la force et le chiffre humain. Je ne crie pas la haine j'irai partout chercher où sont dispersés tous mes fétiches à clous pour leur retrancher les trois clous de la croix. Le Christ se servit d'une croix de bois pour usurper contre le temps le destin d'un peuple plus concret que tous les couteaux tirés du crime.

Ça y est ce sont bien les tracteurs qui s'engueulent sur ma savane.

Non c'est mon sang dans mes veines !
Quel mauvais sang !

Extrait de *Le Mauvais Sang* (1955)

À TRAVERS TEMPS ET FLEUVE

Un jour il faudra se prendre
marcher haut les vents
comme les feuilles des arbres
pour un fumier pour un feu

qu'importe
d'autres âges feront de nos âmes
des silex
gare aux pieds nus
nous serons sur tous les chemins

gare à la soif
gare à l'amour
gare au temps

nous avons vu le sable
nous avons vu l'écueil
qui l'ignore
nous avons les fleuves et les arbres
qui le dira

nous avons cru
nous avons cru
qui le niera
nous avons pris des carpes plein nos filets
il suffisait d'un coup de pouce
le monde était sauvé par le silence

mais voici
la mer saute l'écueil
mais voici
l'écueil culbute la mer
au loin s'en vont les sept fleuves
à savoir pour qui chantent les feuilles

il reste un fleuve
et la clé des songes dans ses flancs
mais quant à savoir pourquoi
chantent les feuilles
    ah chagrin chagrin
            hourra les tonnerres

marcher les poings fermés
marcher d'abord
compter les étoiles
et sauter par-dessus les jungles
pour cela n'être hyène ni python

puis applaudir un fleuve
et les biches et les zèbres et les gazelles
puis bondir avec lui haut la lame
la fourmi dit
je vais dépecer le buffle
hé quitte le fleuve
viens-t'en femme-grenouille

les libellules dansaient
voilées d'azur et de pollen

il reste le fleuve
et l'arc-en-ciel
en bordure un vieil homme

vieil homme lave ta plaie
mais dis à ma mère dis à mon père
me voici femme-caïman
me voici amante-crocodile
ô mère amante-crocodile
ô père femme-caïman
vieil homme lave ta plaie

les poissons de l'eau ont vu ces larmes
ils ont craché pour sauver ces larmes-là

mais les mouettes ont fait la moue
pauvre noyée garde ton lit de fleuve

il nous reste ce fleuve
et l'arc-en-ciel
en saillie
des perroquets porteurs de totems

la brousse entre ses troncs
fait danser des fauves visqueux

et j'ai crié
par-dessus les jungles
est la droiture du chemin oublié

mais voici le sable
au loin est la mer

mais voici l'œuf
une coquille entoure
sa vie
se taire ou simplement pleurer
       l'enfant dort
       la mère s'oublie

la chouette ulule
la lune est tranquille

le temps passe
la lune disparaît
la fleur d'eau se brise
l'enfant dort

se meurt sa mère

les caïmans cassaient l'eau
avec leurs queues

le hibou somnole n'attendez la nuit
car il ne suffit pas de crier au viol
ainsi a sauté l'astre initial
car le scorpion ne fut jamais vicieux

un mille de fourmis va dépecer le buffle
qui a égorgé l'agneau devant les hommes

café bananes coton tapioca
meure meure qui voudra

il ne suffit pas de recréer le viol

un matin
un clair matin
plus de totems et leurs perroquets
un matin
un clair matin
plus de feuilles nulle part

au loin s'en sont allés
sept fleuves à flots perdus
l'enfant dort
le tam-tam s'ébruite
la lune est tranquille
le temps passe
sur ses montures de silences

Extrait de *Feu de brousse* (1957)

À TRICHE-CŒUR

Rire du même rire
que les vivants ne fait
le soleil plus étroit
que cette main tendue
à tous les étiages
pour demeurer un frère
au cœur de ceux qu'on tue

ne me demandez pas de mourir
pour leurs yeux
si j'ai trahi je sais
quelle soif chanta rauque
dans ma gorge coupée
pour demeurer un frère
au cœur de chair battue

il faut haute richesse
et la sève caleuse
pour guérir le fruit mûr
de la bave des morts
guéris le jour des pleurs

une nuit ploie mon âme
je cherche un chemin pur
j'ai eu la promesse
d'être un arbre stérile
j'ai joui des vents amers
joui à perdre mon sexe

je me tourne le dos
toi roule mes scandales
fleuve-sœur fleuve mère

je l'ai ensemencé
mon champ fleuri d'étoiles
son enclos est un fleuve
quand les perroquets parlent
les crocodiles rient
du même rire jaune
que la boue de ce fleuve

un sanglier rêva
il y avait le ciel bleu
il était dans sa bauge
les arbres sont tombés
et leur sève collait
le silence à la chair
sans rien changer au monde

je n'ai pas su manger
le pain que j'ai rompu
prenez-le sur ma bouche
mangez mon pain de mie
vous qui avez failli
vous sauverez votre âme
la joie vous est gagnée

ma faim est une perle
je la donne à qui dîne
contre du pain entier
suez du front mains fortes
salez-en le levain
qu'il soit feu qu'il soit flamme

celui que j'ai rompu
est pierre angulaire
où bâtir un seul temple
entre sept clés du fleuve
à ciel hautain ouvert
pierre en chien de fusil
pour la mort qu'on me donne

pierre si la joie manque
au souvenir du sang
pierre si le jour tarde

assemble les étoiles
fais-les paître à l'aurore
assemble les passants
fais-les boire à ma gorge

assemble les iguanes
fais-les battre tam-tam
va file au fil de l'eau
la tranche de l'épée
au jugement dernier
par l'épée rompe le pain
tends la main fais l'amour

par l'épée ta moisson
sera sans ivraie rêve
ô sanglier mon cœur

il y avait le ciel bleu
il était dans ma bauge

il a culbuté l'arbre
que j'étais dans le vent

Extrait de *À triche-cœur* (1960)

Jean-Baptiste Tati Loutard

NOUVELLES DE MA MÈRE

Je suis maintenant très haut dans l'arbre des saisons ;
En bas je contemple la terre ferme du passé.
Quand les champs s'ouvraient aux semailles,
Avant que le baobab n'épaule quelques oiseaux
Au premier signal du soleil,
Ce sont tes pas qui chantaient autour de moi :
Grains de clochettes rythmant mes ablutions.
Je suis maintenant très haut dans l'arbre des saisons.
Apprends par ce quinzième jour de lune,
Que ce sont les larmes – jusqu'ici –
Qui comblent ton absence,
Allègent goutte à goutte ton image
Trop lourde sur ma pupille ;
Le soir sur ma natte je veille toute trempée de toi
Comme si tu m'habitais une seconde fois.

janvier 1965

Extrait de *Poèmes de la mer* (1968)

LA FACE DE DIEU

Je cherche ton visage
Au travers des bruines de soleil
Parmi les averses d'ombres
Je cherche ton visage.

L'Afrique pieuse dit que tu es
Loin ; loin du sol qui prolonge
La plante de nos pieds
Jusqu'au fond des tombes.

De toi ma mère m'a dit jadis
Que tu passes sur le pont bleu des génies
Qui retiennent par la crinière
La foudre aux fureurs félines.

Je ne trouve point ton visage ;
Les masques blancs jaunes et noirs
De la terre unique des hommes
Ne reflètent point ton image.

24 avril 1965

Extrait de *Poèmes de la mer* (1968)

RETOUR AU CONGO
Baobab

Baobab ! je suis venu replanter mon être près de toi
Et mêler mes racines à tes racines d'ancêtre ;
Je me donne en rêve tes bras noueux
Et je me sens raffermi quand ton sang fort
Passe dans mon sang.
Baobab ! « l'homme vaut ce que valent ses armes ».
C'est l'écriteau qui se balance à toute porte de ce
    monde.
Où vais-je puiser tant de forces pour tant de luttes
Si à ton pied je ne m'arc-boute ?
Baobab ! Quand je serai tout triste
Ayant perdu l'air de toute chanson ;
Agite pour moi les gosiers de tes oiseaux
Afin qu'à vivre ils m'exhortent.
Et quand faiblira le sol sous mes pas
Laisse-moi remuer la terre à ton pied :
Que doucement sur moi elle se retourne !

Extrait de *Les Racines congolaises* (1968)

L'ENVERS DU SOLEIL
Désespoir d'un chômeur

Je traîne à la queue d'une tribu perdue
Comme un animal des savanes hanté
Par le rythme d'un autre troupeau.
Je ne sais combien je compte de réveils
En ce monde, et tant de soleils
Qui ont éclaté entre mes cils
N'ont point doré un seul coin de mon sort.
Sans toit, ni sous, avec le disque du soleil sur le front,
J'erre sous un ciel si plein de rigueurs
En ces jours de premières trombes d'eau !
Plusieurs fois déjà la police de nuit
M'a identifié parmi les chiens errants de la ville…
J'aurais aimé la vie en toute saison : l'odeur
Que la terre renvoie aux nuages en réponse à la pluie,
L'ombre violette des après-midi sous les arbres
Le long des routes bordées de chants d'oiseaux ;
Et l'on est secoué par les rythmes de ce pays
Plus que le pêcheur sur son chameau d'eau !
Mais à présent, je suis descendu des hauteurs de mes
    rêves,
En ce bas-fond sans illusion où tourne sans cesse
la spirale des mauvais jours ;
En cette masure non visitée par la lumière,
C'est le refuge de la Nuit quand dehors

Elle se trouve pourchassée par les lampes.
Au plus fort des ténèbres, une douleur inassoupie,
Chaque jour remonte par les canaux sanguins
Fermer le ruissellement de mon sommeil.
Puis je retrouve le matin au même point
Que la veille avec sa gerbe de soleil au poing...
Le travail vit toujours derrière les barbelés
Et les aboiements qui proclament son absence
Avant l'encre noirâtre des écriteaux.
Alors je regarde passer le vent
Qui va faisant par la ville
Sa collecte de discours et d'affiches inutiles,
Et les hirondelles que les poteaux électriques
Lancent à la volée à travers l'espace ;
Et l'horloge arrêtée contre le mur gris d'un vieux
    chantier,
Refusant de compter des heures vides...
Il prend alors envie de se mettre au bord du temps
D'errer par les veines obscures de la terre
Où cheminent, dans l'apaisement de mille souffrances
    vécues,
Des pauvres que la mort a couverts d'oubli.
Mais il me reste ici-bas ma mère,
Un être tout frêle qui me retient encore
En ces lieux que je traverse à plat ventre
Comme un fleuve impraticable.
Quand le soleil ne voudra plus d'elle
Je prendrai la plus sûre des cordées
Pour la suivre jusqu'au gouffre des Morts.

Extrait de *L'Envers du soleil* (1970)

LETTRE À UNE FILLE DE NEW YORK

Je t'écris de loin, depuis les bords du Congo
Devant l'Île MBamou ; c'est une motte verte
Qui s'est réfugiée au milieu des eaux
Pour éviter de tourner avec la Terre.
La rue n'est pas loin : elle passe comme le fleuve
Là, derrière l'herbe qui semble plus haute
À cause du bruit des cigales.
Les voitures roulent mais n'écrasent aucun souvenir
Je te plains toi, là-bas, dans le désert de béton et
    d'acier,
Avec les plus beaux rêves des hommes
Dans les havresacs des bandits.
Tu dois avoir peur dans les quartiers perdus
Quand la lune n'est plus au sommet de la nuit.
Que veux-tu, la vie n'est pas ronde comme la Terre.
Chaque jour elle s'accroche à quelques épines.
J'ai tous les traits de ton visage au bout de ma plume.
Et tes paroles aussi, vraiment géniales :
« Harlem c'est la Nuit habitée par les nuits. »
Devant moi tu étais parfois l'arbre
Qui couve un génie tranquille,
L'instant d'après la piqûre du rythme
Te prenait à la cheville ;
Tu devenais alors le serpent de mer

Qui remonte à sa source par les contorsions des
   vagues.
Tu brûlais dans mes bras, plus torride
Que le soleil de ma saison pluvieuse.
J'ai vécu avec toi comme le tronc
Qui tient la branche par temps d'orage…
Adieu ! la plume ne suit plus la ligne :
La nuit déjà bout dans le vase des étoiles.

Extrait de *Les Normes du temps* (1974)

L'OMBRE PATERNELLE

Tu es mort dans le tronc de l'arbre
Qui t'a donné naissance
Et dans le jaune profond de la terre
Tu navigues sur un fond de larmes.
Les vents ont beau souffler
Sur ton mât qui penche
Jamais tu n'atteindras l'Océan
Les pleurs ne font pas un bras de mer.
Tu es passé dans l'ombre d'un nuage
Le soleil est le Saint-Patron des artistes
La clarté peut mordre cent fois la pierre
Elle ne saisira ta face de gisant.
J'aborde à ton âge qui ne fut grand
Mais le ciel est déjà plein de ruines
D'où le temps pleut.
Quand donc tomberont
Ces lambeaux de tentures bleues ?
Tu m'as laissé corps de moineau
Pendu à la mamelle du Soleil
Le vent de jeunesse ne fraîchit plus dans mes veines
Le temps passé arrive à son point de chute.

Extrait de *Les Normes du temps* (1974)

LETTRE D'UN EXILÉ

L'encre de cette lettre sort de mon cœur,
Vois, si je suis triste.
J'ai perdu mon ciel et ma terre,
Je vis à l'hôtel, suspendu
Comme un oiseau de passage
Dans un bois de fortune.
Le souvenir est le seul terroir qui me reste ;
Et parfois l'enfance qui veut rejaillir
Parvient à peine jusqu'à la mémoire.
Nous sommes de faux dieux :
Nous portons par devant des yeux
Qui ne perçoivent que le passé.
Je suis seul tout seul à présent,
Et le froid frappe à la porte.
Dans le lac gelé du silence
Je suis la barque abandonnée.
Les enfants ne m'habitent plus,
La femme est sortie de mes bras,
Qui fut longtemps consommée sous la lampe.
Mon cœur s'est débattu pour la suivre,
Mais les cœurs souffrent la géhenne
Dans leur cage.
Je ne veux plus rien. Je donne ma maison
Aux rats, à l'herbe, aux ennemis ;

Qu'ils achèvent mon image
En détruisant ces briques
Où ma sueur n'est pas encore sèche.
Je flaire la nuit qu'il fera dans ma tombe
Car je n'ai plus de feu dans notre Planète.

Extrait de *Les Feux de la planète* (1977)

RÉPONSE À L'EXILÉ

Tu grelottes maintenant dans une chambre d'hôtel,
Et la lampe en plein jour éclaire tes soucis
Sans dissiper le frissonnement de ta peau,
Dans un pays où le Temps creuse
Des ruines sur les murs et les visages.
La saison est mauvaise, j'ai vécu là-bas.
C'est pourquoi je suis triste en t'écrivant,
Et davantage l'encre assombrit ma pensée.
Ma main tremble sur la feuille :
Est-ce que je vis aussi dans le froid ?
J'entends les cris des couteliers
Je revois les naseaux qui fument au bout des chevaux,
Et point d'oiseau qui hasarde une aile
Dans le ciel du matin.
Ici le soleil monte ou l'orage gronde :
Toute glèbe est meuble sur terre et dans le ciel
Les temps ont changé : ils flottent longtemps
Aux jointures des saisons ;
La ville s'étire dans ses extrémités,
Les fruits pendent sur les hauteurs de l'année.
Mais la peine me couvre les sourcils
Devant ta maison fermée aux quatre vents ;
Le jaune des murs ne crie plus…
Adieu ! ma main tremble encore
Comme si mon cœur bat aussi dans le froid.

Extrait de *Les Feux de la planète* (1977)

CONGO NATAL

Je ne redoute rien tant que l'exil
Le regret de mon soleil versé sur les vagues
Comme l'huile qui s'exalte dans la poêle
Et chante le cantique du feu
Et ma mère trempée d'angoisses
Devant son foyer aux-trois-pierres
Combien de poètes portent à jamais
Le deuil des Tropiques dans les contrées du Nord
Les douleurs dans leurs écrits se disposent
comme des noctuelles sur des étaloirs
Quand le climat déploie ses forces arides
L'œil s'ouvre sur la grisaille et s'embue
Le cœur nidifie dans la pierre
Parfois la mémoire se déplie
Vient la clarté puis à nouveau le ciel s'embrume
Toi l'étrange cultivateur transmigrant
Quel espace as-tu fructifié
Depuis que la terre en toi s'est rétrécie
Que le fleuve Congo n'y est plus qu'un sillon
Je pense à mon horizon où lève l'épi de l'aube
Aux enfants qui s'éparpillent sur le miroir du jour
Aux passereaux en tumulte dans le rônier
À ce peuple missionné qui reprend feu

Quand passe le vent avec ses poissons-pilotes de
   feuilles mortes
Cherchant dans son trouble inapaisable
À jeter bas les masques du mensonge
À ceux qui ont déserté les ailes
D'une maison obscurcie par la mort
Le soleil survient qui replante ses lances dans la rue
J'observe les générations nouvelles qui ondulent
Et cette fille de l'espèce lianescente
Sort du terroir profond
Son visage a bruni au feu de santal
Elle passe comme une jacinthe dans les eaux errantes
Aveugle elle va briser son cœur sur l'écueil
L'asphalte lui ouvre ses mares ses mirages
Et je n'oublie pas la gloire des Jours d'Août
Sanglés dans leur tunique couleur de sang
Et l'héritage exhalant encore le parfum du frangipanier

Extrait de *La Tradition du songe* (1985)

TRADITION MARINE

Je sors d'un peuple de pleine eau
J'ai vécu longtemps comme une plante côtière
Et je n'ai point perdu ma salure
Je n'ai pas oublié les contes les fables
Les devinettes les énigmes les légendes
Qui se racontent la nuit sur l'estran
À la lueur des feux de marée
J'eusse été riche si j'en étais marchand
Le vent du large a gonflé mes songes
Entr'ouvert les portes de l'esprit
Que ne puis-je retourner parmi les génies de haute mer
Mes pensées en deviendraient des semis d'îles.

Extrait de *Le Serpent austral* (1992)

TENDRESSE OU FOLIE

Pendant que je dépliais ma mémoire
Le vent s'est levé emportant plusieurs feuillets
De mon enfance déjà lointaine
Vide et triste je suis resté jusqu'à l'aube
Nous étions aux premiers jets du soleil
Lorsqu'un souvenir déchira mon esprit
Une femme qui tenait dans sa paume un chat noir
Traversa la rue en criant mon enfant est mort
Pour éteindre en moi son dernier soupir
Je n'ai que le miaulement de mon chat.

Extrait de *L'Ordre des phénomènes* (1996)

DÉCHIREMENT

Pendant bien des années de vie commune
Chair unique nourrie de quelques brasillements
Nous sommes éperdument demeurés
Insensibles aux oscillations du continent
Depuis le Cap austral jusqu'aux colonnes d'Hercule
Les larmes parfois ne furent que le trop-plein de la
    joie
Toi que j'ai cru mordre jusqu'à l'âme
Portant de naissance l'influx de l'amour
Tu m'as quitté sans cri ni présage
Dérivant seule dans les eaux paniques
Jusqu'à l'exutoire trouble de la mort.

Extrait de *Le Palmier-lyre* (1998)

Notices sur les auteurs

Léopold Sédar Senghor est né à Joal (Sénégal) le 9 octobre 1906. Il vient à Paris terminer ses études, au lycée Louis-le-Grand et à la Sorbonne. Agrégé de grammaire en 1935, il enseigne à Tours puis à Saint-Maur-des-Fossés. Mobilisé en 1939, il est fait prisonnier en juin 1940, réformé pour maladie en janvier 1942, et participe à la Résistance dans le Front national universitaire.

L'année 1945 marque le début de sa carrière politique. Élu député du Sénégal à plusieurs reprises, membre de l'assemblée consultative du Conseil de l'Europe, il est, en outre, plusieurs fois délégué de la France à la conférence de l'UNESCO et à l'assemblée générale de l'ONU. Secrétaire d'État à la présidence du Conseil, il devient maire de Thiès au Sénégal, en novembre 1956. Ministre-conseiller du gouvernement de la République française en juillet 1959, il est élu premier président de la République du Sénégal, le 5 septembre 1960. Il sera réélu à cette fonction en 1963, 1968, 1973, 1978, avant de se démettre de ses fonctions le 31 décembre 1980. Il se retire alors de la vie politique et s'installe en Normandie.

Considéré comme le plus grand poète noir d'expression française, chantre de la négritude et très proche d'Aimé Césaire, Léopold Sédar Senghor a reçu de très nombreuses distinctions et plusieurs prix littéraires. Il fut docteur *honoris causa* de trente-sept universités, élu à l'Académie française le 2 juin 1983 et continua à publier des poèmes et à développer sa pensée sur la négritude et le métissage culturel, jusqu'à sa mort le 20 décembre 2001, à Verson. Il est l'auteur d'une *Œuvre poétique* importante (rassemblée en un volume aux éditions du Seuil) et de plusieurs essais (cinq volumes, sous l'intitulé *Liberté*, éditions du Seuil).

Birago Diop est né le 11 décembre 1906 à Ouakam, Dakar (Sénégal), et décédé le 25 novembre 1989 à Dakar. Après avoir suivi à la fois l'enseignement coranique et l'école française, il devient vétérinaire et exerce dans plusieurs pays africains. À la suite de sa rencontre avec Léopold Sédar Senghor, il s'associe au mouvement de la négritude. Écrivain et poète, il recueille des contes et fables du griot Amadou Koumba et les met par écrit pour son premier recueil, publié en 1947, *Les Contes d'Amadou Koumba* où le merveilleux et le réel sont intimement liés. Sa poésie, rassemblée dans le volume *Leurres et lueurs* (Présence africaine, 1960), est particulièrement inspirée de la tradition orale des contes africains. Il est aussi l'auteur de plusieurs pièces de théâtre.

Parallèlement à ses activités, il mène une carrière politique et est nommé ambassadeur de la Fédération du Mali à Paris en 1958, puis ambassadeur du Sénégal à Tunis de 1960 à 1965.

Jacques Rabemananjara est né le 23 juin 1913 à Maroantsetra (Madagascar) et décédé le 2 avril 2005 à

Paris. Après des études de lettres classiques en France, il mène une carrière politique. Héros de l'indépendance malgache, il est un des fondateurs du Mouvement démocratique de la rénovation malgache. Élu député de Madagascar en 1946, il fut condamné aux travaux forcés pour les rébellions de 1947 dirigées par le MDRM, puis amnistié en 1956 ; il ne regagna son île qu'en 1960. Élu député, puis ministre et vice-président sous le régime de Philibert Tsiranana, il s'exile à nouveau en France après la révolution de 1972.

Écrivain, il mène de front une réflexion critique sur les pays dominés (*Nationalisme et problème malgache*, 1958), une œuvre poétique importante (notamment les recueils *Sur les marches du soir*, 1942 ; *Antsa*, 1947 ; *Lamba*, 1956 ; *Antidote*, 1961 ; *Les Ordalies*, 1972 ; *Rien qu'encens et filigrane*, 1987, rassemblés en un volume chez Présence africaine en 1978) et une œuvre dramatique (*Les Dieux malgaches*, 1947 ; *Les Boutriers de l'aurore*, 1957 ; *Les Agapes des dieux*, 1962).

Bernard B. Dadié est né à Assinie, au sud de la Côte d'Ivoire, en 1916. Après des études à l'école normale William-Ponty de Gorée, il travaille pendant dix ans à Dakar. En 1947, il milite au sein du RDA (Rassemblement démocratique africain). Les troubles de février 1949 le conduisent en prison pour seize mois, où il tient un journal qui ne sera publié qu'en 1981, *Carnets de prison*. À l'indépendance, il exerce tour à tour les fonctions de chef de cabinet du ministre de l'Éducation nationale, de directeur des Affaires culturelles, d'inspecteur général des Arts et Lettres, et, en 1977, il devient ministre de la Culture et de l'Information.

Auteur prolifique, il a écrit des nouvelles (*Légendes africaines*, 1954 ; *Le Pagne noir*, 1955 ; *Commandant*

Taureault et ses nègres, 1980 ; *Les Jambes du fils de Dieu*, 1980), de la prose (*Les Villes*, 1933 ; *Un Nègre à Paris*, 1959 ; *Patron de New York*, 1956 ; *La Ville où nul ne meurt*, 1968), de la poésie (*Afrique debout*, Seghers, 1950 ; *La Ronde des jours*, Seghers, 1956 ; *Hommes de tous les continents*, Présence africaine, 1967), des pièces de théâtre (*Monsieur Thôgô-Gnini*, 1970 ; *Mhoi ceul*, 1979 ; *Béatrice du Congo*, 1995) et des essais. Il reçoit à deux reprises le prix littéraire d'Afrique noire (pour *Patron de New York*, 1965, et *La ville où nul ne meurt*, 1968).

Tchicaya U Tam'Si (Gérald-Félix Tchicaya) est né à Mpili (Congo), le 25 août 1931, et décédé à Bazancourt, le 22 avril 1988. Il est le fils de Jean-Félix Tchicaya qui représenta l'Afrique équatoriale au Parlement français de la Libération à 1958. Il passe son enfance à Pointe-Noire, puis fait des études en France. Il y fait paraître ses premiers poèmes dès 1955. Son pseudonyme signifie « petite feuille qui parle pour son pays ». En 1960, il retourne au Congo lors de l'indépendance, mais l'assassinat de Patrice Lumumba le convainc de s'exiler. De retour à Paris, il travaille alors à l'UNESCO. Il est considéré comme une figure essentielle de la poésie africaine.

Auteur de plusieurs recueils poétiques (*Le Mauvais Sang*, paru en 1955, puis réédité avec *Feu de brousse* et *À triche-cœur*, 1970 ; *Épitomé*, 1962 ; *Le Ventre*, 1964 ; *Le Pain ou la cendre*, 1978), salués en leur temps par Aimé Césaire, mais aussi Léopold Sédar Senghor disant avoir « découvert un poète bantou », il fut aussi romancier (*Les Cancrelats*, 1980 ; *Les Méduses*, 1982 ; *Les Phalènes*, 1984 ; *Ces fruits si doux de l'arbre à pain*, 1987) et dramaturge (*Le Zulu*, 1977 ; *Le Destin glorieux*

du maréchal Nnikon Nniku, Prince qu'on sort, 1979 ;
Le Bal de N'dinga, 1988).

Jean-Baptiste Tati Loutard est né le 15 décembre 1938 à Ngoyo dans la commune de Pointe-Noire (Congo) et décédé le 4 juillet 2009 à Paris. De 1961 à 1966, il fait des études de lettres modernes et d'italien en France, puis enseigne la littérature et la poésie au Centre d'études supérieures de Brazzaville. Devenu leader du mouvement culturel congolais, il occupe divers postes de gestion dans l'enseignement supérieur. À partir de 1975, il conjugue la vie littéraire et la vie politique et devient tour à tour ministre de l'Enseignement supérieur, de la Culture, des arts et du Tourisme. Après être retourné à l'enseignement pendant quelques années, il devient ministre des Hydrocarbures en 1997.

Considéré comme l'une des voix majeures de l'Afrique francophone, il a publié une dizaine de recueils de poésie et obtenu plusieurs prix littéraires, notamment le « All Africa Okigbo Prize for Poetry », en 1987. Auteur de maximes philosophiques et de récits en prose, son œuvre reste principalement constituée d'ouvrages de poésie, parus entre 1968 et 1998, et réunis en un volume d'*Œuvres poétiques* en 2007, aux éditions Présence africaine.

TABLE

Léopold Sédar Senghor

Birago Diop

Jacques Rabemananjara

Bernard B. Dadié

Tchicaya U Tam'Si

Jean-Baptiste Tati Loutard

RÉALISATION : IGS-CP À L'ISLE-D'ESPAGNAC
IMPRESSION : NORMANDIE ROTO IMPRESSION À LONRAI
DÉPÔT LÉGAL : FÉVRIER 2009. N°101721 (094502)
Imprimé en France